AF536053

Miguel de Unamuno

Plädoyer des Müßiggangs

Ausgewählt und aus dem Spanischen übersetzt
von
Erna Pfeiffer

Literaturverlag Droschl

Inhalt

Vorwort

In den zwanziger Jahren unseres Jahrhunderts zu höchster internationaler Berühmtheit gelangt, von Größen des deutschsprachigen Kulturlebens wie Thomas und Heinrich Mann, Hermann Hesse, Reinhold Schneider und Hermann Graf Keyserling als bedeutendster Spanier seit den Zeiten Goyas gefeiert,[1] ist Miguel de Unamuno (1874-1936) nach dem Zweiten Weltkrieg hierzulande so gut wie völlig in Vergessenheit geraten. Zwischen Philosophie und Literatur sozusagen in extraterritorialem Gebiet angesiedelt, will ihm keine der beiden Sparten recht Asyl gewähren. Ist er den einen als Literat zu »gedankenschwer«, zu sehr mit philosophischem Ballast beladen, so tun »reine Philosophen« vom Schlag eines Ortega y Gasset sein Werk als bloß literarische Spekulation, ohne jede »taxative, eindeutige und wenn möglich in rigorosen Thesen formulierte Doktrin«[2] ab.

Obwohl Unamuno selbst sich durch ein derartiges Urteil lediglich bestätigt gesehen hätte – brachte es ihn doch in die Nähe seines Ideals der Unklassifizierbarkeit und setzte andererseits Distanz zu den ihm so verhaßten »typischen«, blutleeren Intellektuellen –, so erschwerte es doch seine ungebrochene und ununterbrochene Rezeption im deutschsprachigen Ausland. Nach den ersten drei Auflagen seiner *Ge-*

sammelten Werke in den zwanziger und dreißiger Jahren unseres Jahrhunderts beginnen sich erst mit der Gründung der Unamuno-Gesellschaft im Jahre 1960 wieder zögerlich und unregelmäßig Neuübersetzungen, Neuauflagen und vereinzelte Studien hervorzuwagen. In den achtziger Jahren schließlich versuchte der mittlerweile leider wieder von der Bildfläche verschwundene Verlag Peter Selinka, das Gedächtnis der deutschsprachigen Leserschaft mit einer Reihe von Unamuno-Ausgaben aufzufrischen. Doch immer noch bleibt der spanische Autor ein Geheimtip für Eingeweihte, ein Schicksal, das er im übrigen mit vielen seiner in Spanien gefeierten Landsleute teilt, die dort geradezu als nationale Größen gelten, hierzulande aber kaum oder sozusagen »schief« rezipiert wurden (etwa der Realist Galdós oder der Modernist Valle-Inclán, aber auch García Lorca, der durch die unerträgliche Übersetzung von Enrique Beck im Deutschen lediglich als Karikatur seiner selbst existiert).

So stellt die nunmehrige Auswahl aus Unamunos essayistischem Werk, die rechtzeitig zu seinem sechzigsten Todestag erscheint, einen unzeitgemäßen, da konträr zu literarischen Moden verlaufenden Versuch dar, einen stets unzeitgemäßen Denker, Schriftsteller und »hombre público« Spaniens wieder der Öffentlichkeit zugänglich zu machen. Gewissermaßen als Einstieg in dieses neu bzw. wieder zu entdeckende literarische Terrain, das zuweilen recht idyllisch zu durchwandern ist, manchesmal aber auch Dornen und Disteln, abrupte Abbrüche und steile Anstiege bereithält, habe ich einige kürzere Essays des Autors aus den Jahren 1908 bis 1916 ausgewählt, die ihn uns – entgegen landläufigen Klischees vom »intellektuell überfrachteten« Dichter-Denker – als Träumer zeigen, als Spaziergänger durch die Welt des Geistes, speziell seiner von Krisen geprägten Zeit.

Gerade diese spontan dahinmeditierenden »divagaciones« gehören meiner Ansicht nach zu den schönsten Texten Unamunos, weil sie eine Seite von ihm preisgeben, die ansonsten kaum mit seiner gestrengen Patriarchengestalt assoziiert wird, mit dem Rektor der Universität von Salamanca, dem gelehrten Altphilologen und streitbaren Polemiker, der sich's mit jedem anlegte (auch mit dem spanischen König), dem sich selbst zerfleischenden Häretiker und verzweifelt Glaubenden auf der Suche nach Überlebensstrategien jenseits der irdischen Existenz.

Die hier vertretenen Phantasien und Meditationen hingegen sind in meinen Augen Beispiele für eine besonders gelungene Kombination zwischen literarischer Form und philosophischem Gehalt, wo wir einen völlig gelösten Unamuno erleben, der sich dem ungehemmten Fluß seiner Assoziationen hingibt, vielleicht einen Unamuno in seinen Sternstunden, wo er so sein konnte, wie er gerne gewesen wäre, frei von Intellektualismus und doch nicht oberflächlich, ganz im Gegenteil: Diese Essays sind vielleicht die tiefschürfendsten, welche seine sonst so spitze Feder hervorgebracht hat, gerade weil sie derart versöhnlich, im Einklang mit sich und der Welt, mit dem Leben und auch mit dem Tode sind. Auch der geheimnisvolle Abgrund verliert dann seinen Schrecken, weil wunderbare, unwiderstehlich verlockende Musik aus ihm ertönt; man gewinnt den Eindruck, daß Unamuno, sonst so verbissen in seine Unsterblichkeitssehnsucht, in diesem poetischen Gleichnis, das er angeblich gewissermaßen »auf Diktat« geschrieben hat, eine wahrhaft erlösende Vision beschieden war.

Dafür, daß Unamuno zwar lange tot, aber noch lange nicht »gestorben« ist, mag auch das *Plädoyer des Müßiggangs* stehen, das in neuesten Zeiten indirekte Fortsetzung etwa im Stil eines Reinhard Peter Gruber, in dessen Buch *Nie wieder Arbeit!*[3], gefunden hat – Hinweis auf ein Grundbedürfnis der Muße, das in unserem geschäftigen und nur auf Gewinn bedachten »Bienenstaat« leider leicht zu kurz kommt. Zwar existierte zur Entstehungszeit dieses Textes noch nicht die Terminologie für *workaholics* und *Freizeitgesellschaft*, auch nicht die Rede von den *Sozialschmarotzern*, Unamuno hat aber in der für ihn so typischen Weitsicht einiges davon vorweggenommen in seinem Loblied auf kreative Beschaulichkeit, die letzten Endes der eigentliche Motor von gesellschaftlichen Weiterentwicklungen sei (wie haßte er dagegen das Reden von »Fortschritt«, das er im Sinne eines fort-schreitenden Sich-selbst-Entfremdens sah). In diesem Sinne könnten seine ironischen Bemerkungen über das ameisenhafte Arbeitsethos seiner Heimatstadt Bilbao – deren Einwohner vielfach als die »Deutschen Spaniens« betitelt werden – auch als Kritik an der sinnlos produzierenden Wachstumsgesellschaft gelesen werden, die sich die Hinterfragung durch Künstler und Intellektuelle zunehmend weniger gefallen lassen will. Wenn sich heute Studierende und Forschende in nicht unmittelbar ökonomisch verwertbaren Disziplinen als Betreiber von »Orchideenfächern« abqualifizieren lassen müssen, so hätte Unamuno sicherlich ein Plädoyer der Orchidee geschrieben …

Ebenfalls vorausschauend sein fabelartiger Dialog zwischen Hund und Katze, der viel von Konfliktbewältigungsstrategien im Zeitalter zweier sich ankündigender weltbedrohlicher Kriege anklingen läßt, wobei der Antimilitarist Unamuno freilich Clausewitz' Phrase vom »Krieg als Fortsetzung der Politik mit anderen Mitteln« in ihr dialektisches Gegenteil verkehrt und für den Abbau von Aggressionen durch friedlichen Diskurs plädiert, auch und gerade zwischen zwei so sprichwörtlichen Verkörperungen gegensätzlicher Lebensmodelle und Weltanschauungen, denn zweifellos können weder Berganza noch Zapirón als eindimensionale Typisierungen etwa politischer Richtungen oder sozialer Klassen angesehen werden. In den verbalen Auseinandersetzungen der beiden Kontrahenten klingen vielmehr vielschichtige und einander scheinbar widersprechende Gegenpositionen an, wie etwa Bourgeois *versus* »Mann von der Straße«, Schöngeist *vs.* Utilitarist, weibliches *vs.* männliches Prinzip, Anarchie *vs.* Monarchie, Freiheit *vs.* Sklaverei, Spiel *vs.* Broterwerb und viele andere mehr. Im Hinblick auf spätere ökologische Bewegungen interessant dürften auch die Betrachtungen über die Stellung des Menschen in der Natur sein, die Unamuno den beiden Tieren in den Mund legt. Dazu passend der Widerstreit zwischen Intellektualismus und Animalität, in dem sich der fiktive Absender des Briefes in seiner »Sommerphantasie« befindet, den er bezeichnenderweise zugunsten der Natur entscheidet. Selbst der Recyclinggedanke taucht dort, in dieser sehr idyllischen Skizze, wo die Harmonie der Landschaft auch für einen Bewußtseinszustand steht, bereits *avant la lettre* auf.

Am unerbittlichsten zeigt sich aber der Humanist und Pazifist Unamuno in seiner Abrechnung mit den Prinzipienreitern, den Pflichtbewußten, den fanatischen »Ideenmenschen« in dem letzten hier vertretenen Essay »Die Pflicht und die Pflichten«, den der Autor mitten in den Wirren des Ersten Weltkriegs, unter dem Eindruck der grausamen, technisierten Tötungsmaschinerie 1916 veröffentlicht hat. Nachgerade prophetisch zeichnet er hier die Entwicklungslinien nach, an denen entlang sich Dogmatismus, Intoleranz und blinder Gehorsam gegenüber nicht hinterfragten staatlichen bzw. kirchlichen Autoritäten auskristallisiert haben, ausgehend von der spanischen Inquisition über die Kantsche Ethik bis hin zu Exzessen, die Unamuno noch mit Zeppelinen und Unterseebooten assoziiert, die aber bald nach seinem Tode zur wahren Perfektionierung im Holocaust gelangen sollten. Der Weitblick des Autors sieht auch diese Götterdämmerung, bei konsequenter Fortschreibung dessen, was er in der geistigen Atmosphäre seiner Zeit herankeimen spürt, sich bereits abzeichnen und wettert dagegen mit der ganzen Poltrigkeit, deren er fähig ist; die Aussichtslosigkeit seiner Position – für das Recht auf privates Glück und gegen die abstrakte, »großgeschriebene« Pflicht – läßt sich an seinem gegenüber den anderen Texten fast verkrampften sprachlichen Duktus, gewissermaßen als Verzweiflungsgeste, schon ablesen.

Unamuno ist trotz dieser Parallelen zur heutigen Zeitgeistigkeit, die ich hier mit wenigen Strichen anzudeuten versucht habe, nicht modern und schon gar nicht modisch. Er ist eine Herausforderung, die auch sechzig Jahre nach seinem Tod nichts von ihrer Radikalität verloren hat, ein Autor, der sich Auseinandersetzung und Widerspruch geradezu verdient hat, will man ihm in seiner Heterodoxie gerecht werden, aber auch ein Autor, der nach wie vor und immer wieder mit großem Genuß zu lesen ist.

Erna Pfeiffer

Plädoyer des Müßiggangs

Bei meinem letzten Aufenthalt in Portugal, zur heißesten Tageszeit, als sich die Trägheit meines Körpers und meiner Seele bemächtigte, vertrieb ich mir die Zeit damit, aufs Bett hingestreckt langsam Lord Byron zu lesen. Von Zeit zu Zeit ließ ich das Buch sinken, um ... nachzudenken?, nein, um mir allerhand Luftschlösser zusammenzuphantasieren.

Zuweilen raffte ich mich dazu auf, an den Balkon zu treten, um einen Augenblick lang das Meer zu betrachten, das da träge am Strand ausgestreckt lag. Und das Gluckern des Ozeans, vermischt mit den Echos von Lord Byron, der diesen so sehr geliebt hatte, half mir, weiterhin Dinge ohne festen Umriß und Substanz zusammenzuphantasieren. In meinem Geist herrschte eine poetische, das heißt aber, schöpferische Situation, welche die Trägheit hervorruft. Denn der Dichter ist zu allererst ein Faulenzer, ein Nichtstuer, und das sage ich zum Lob des Poeten.

Will ich etwa ein Loblied auf die Faulenzerei anstimmen, ich, der ich als arbeitsamer und aktiver Menschen gelte? Ja, ich möchte – zumindest teilweise – ein Loblied aufs Nichtstun singen; ich will euch sagen, daß der Müßiggänger einer der aktivsten Menschen ist.

Im ersten Auftritt des zweiten Aktes von *Sardanapal* läßt Lord Byron den Beleses folgendes sagen: »Der Müßiggang (*sloth*) ist stets ein grillenhafter Herr und legt der Meilen mehr in seiner Phantasie als ein General auf einem Marsch zurück, wenn er den Feind zum besten haben will.«[4]

Was fällt dem Müßiggänger tatsächlich nicht alles ein, um die Zeit totzuschlagen? Was fällt einem selbst nicht alles ein, um die Schlafstellung zu wechseln?

Jemand hat einmal gesagt, nichts sei so inspirierend wie das Gefängnis und in ihm, im Gefängnis, seien einige der dichtesten Werke geschrieben worden, darunter auch der *Quijote*. Und ist die Trägheit etwa kein Gefängnis, in dem die Seele gefangen sitzt?

Es gibt Aktivitäten, die stark täuschen und die im Grunde nichts anderes als eine Form der Trägheit, des Müßiggangs, darstellen. Es verhält sich damit ähnlich wie mit der Reiselust, die oft nicht so sehr einer Liebe zu den Orten, einer *Topophilie* oder *Philotopie*, entspringt als vielmehr einem Haß auf sie, einer *Topophobie*. Viele von denen, die sehr viel reisen, sind in Wirklichkeit auf der Flucht vor dem jeweiligen Ort; sie ertragen es nämlich nicht, sich an ein und demselbem länger aufzuhalten. Nicht daß sie von ihrem Reiseziel angezogen würden, nein, in Wirklichkeit werden sie von dem Ort abgestoßen, von dem sie herkommen.

Denkt doch nur an die Gelehrsamkeit und sagt mir, ob sie in vielen Fällen nicht lediglich eine Form geistiger Trägheit ist, einer gewissen Faulenzerei, eine Art, den Geist von Sorgen und beunruhigenden Überlegungen *abzulenken*. Vor ein paar Jahren widmete ich mich einige Monate hindurch einer sprachwissenschaftlichen Arbeit, die mir abverlangte, drei oder vier Stunden am Tag damit zuzubringen, mühsam Wörter in alten Dokumenten aus den Anfängen unserer kastilischen Sprache und dem Ende des Vulgärlateins zusammenzusuchen. Ich las eine ganze Reihe von Gesetzestexten, Freibriefen, Schriften etc., ohne ihren Inhalt mitzubekommen. Schließlich erlangte ich solche Geschicklichkeit beim Fischen oder Erjagen – eigentlich eher Fischen – von Vokabeln, daß ich es fast im Schlaf konnte. Und im Schlaf kann man Zitate ansammeln.

Aber es gibt Formen intensivster Aktivität, die man in augenscheinlichstem Müßiggang ausüben kann.

Schließlich und endlich verdanken wir die Zivilisation den Müßiggängern, den Beschäftigungslosen. Die Zivilisation setzte ein, als ein Mensch den anderen der Versklavung unterwarf, ihn dazu zwang, für beide zu arbeiten, und nun, der Notwendigkeit enthoben, sich selbst anstrengen zu müssen, um sich das tägliche Brot zu verdienen, auf einmal zu den Sternen aufblikken konnte, um sich zu fragen:

»Warum mögen sie wohl so kreisen? Warum mögen sie jetzt hier und morgen da aufgehen?«

Einer meiner Freunde behauptet, wenn die arbeitsamen Menschen eine so große Aversion gegen die Nichtstuer verspürten, so deshalb, weil diese sie überwachen, weil sie stehenbleiben, um zuzuschauen, wie sie arbeiten und ob sie arbeiten. »Sehen Sie diesen Konditor?« sagte er zu mir, »nun gut, dieser Konditor ist auf niemanden so schlecht zu sprechen wie auf jenen Passanten, jenen Müßiggänger, welcher, um die Zeit totzuschlagen, jeden Tag ein Weilchen vor dem Schaufenster seiner Konditorei stehen bleibt. Denn die anderen gehen daran vorüber oder werfen ihm nur einen flüchtigen Blick zu, so wie es der Konditor gerne hat, aber dieser, der Müßiggänger, bleibt davor stehen und sagt zu einem anderen, der sich zufällig nähert: ›Sehen Sie diese Kuchen? Seit acht Tagen stehen dieselben im Schaufenster; ein Zeichen, daß er wenig verkauft; das müssen schöne Dummköpfe sein, die sich so etwas noch andrehen lassen…‹ «

In meiner Heimatstadt, in Bilbao, gibt es einen gewissen Kult der Aktivität, der Arbeit, und dennoch gibt es viele Nichtstuer – wie es übrigens nur natürlich ist in einer so arbeitsamen Stadt –, aber um vorzutäuschen, daß sie arbeiten, gehen diese Nichtstuer immer sehr eilig durch die Straßen. Wenn ihr einen seht, der mit Volldampf durch die Straßen marschiert, alle umrennt, die ihm über den Weg laufen, könnt ihr sicher sein, daß es ein Faulenzer ist. Er will nur den Eindruck erwecken, als ob er sehr beschäftigt wäre.

Ich sagte vorhin, es sei natürlich, daß es in einem sehr arbeitsamen Volk viele Nichtstuer gebe, und da manche Schwachköpfe dies für ein Paradoxon halten könnten, will ich es erklären. (Nicht ohne vorher in Klammer – wieder einmal – klarzustellen, daß es tatsächlich die Schwachköpfe sind, die stets dieses geflügelte Wort vom Paradoxon im Mund führen).

In einem Volk, wo viel gearbeitet wird, ist die Arbeit meist schlecht verteilt; dort gibt es mehr Leute, die viel arbeiten, damit die anderen faulenzen können. Stellt euch einmal ein Volk vor, in dem es tausend Menschen gäbe, die arbeitsfähig wären und im richtigen Alter dazu, und alle arbeiteten dort etwa vier Stunden täglich im Durchschnitt; sie würden also viertausend Arbeitsstunden am Tag erbringen. In diesem Volk wird also weniger gearbeitet werden als in einem anderen, das eine ebenso große arbeitsfähige Bevölkerung besitzt, also tausend Menschen, aber das Doppelte von jenem erbringt, also achttausend Arbeitsstunden täglich, denn im ersten arbeitet man ja nur die Hälfte. Aber diese achttausend Stunden erbringen achthundert Menschen zu je zehn Arbeitsstunden, und die zweihundert restlichen faulenzen.

Ich glaube tatsächlich beobachtet zu haben, daß es in weniger arbeitsamen, das heißt, ärmeren Völkern – die aber nicht ärmer sind, weil sie weniger fleißig wären, sondern eben einfach ärmer – mehr Leute gibt, die arbeiten, obwohl das Gesamt weniger arbeitet, während in den arbeitsameren Völkern der Großteil der Arbeit von einigen wenigen verrichtet wird und die anderen Nutznießer davon sind.

Und so kommt es, daß der Umstand, daß in den arbeitsameren Völkern gewisse Hochformen der Kultur, in der Kunst, in der Wissenschaft, in der Literatur, hervorgebracht werden, nicht darauf zurückzuführen ist, daß sie fleißiger wären, sondern daß es in ihnen mehr Unbeschäftigte, mehr Müßiggänger gibt. Eine gewisse Anzahl von Müßiggängern ist notwendig zur Entwicklung einer höheren Kultur. Die Drohnen sind die Aristokratie des Bienenstocks. Und in den Ameisenstaaten sind es die geschlechtslosen Ameisen, die ewigen Tanten, die die Arbeit verrichten; die anderen, die geschlechtlichen, haben Flügel und arbeiten nicht.

Das heißt, in gewisser Hinsicht arbeiten sie doch, weil sie ja den Fortbestand des Ameisenstaates garantieren.

Die Arbeit ist eine sehr heilige und gute Sache, aber ...Aber eines Tages beschwerte sich ein Vater bitterlich bei mir darüber, was für mißratene Kinder er doch hätte. »Nach all den Opfern, die ich für sie gebracht habe...«, sagte er. Und seine Opfer hatten darin bestanden, ein Vermögen anzuhäufen, wofür er seine eigenen Kinder vernachlässigt hatte. Stunden um Stunden verbrachte er am Schreibtisch, die er ihnen hätte widmen sollen. Er glaubte, seine väterliche Pflicht bestünde darin, seinen Kindern ein Vermögen zu hinterlassen. Das heißt, er glaubte nicht einmal das, denn wenn er seine Zeit darauf verwandte, ein Vermögen anzuhäufen, so deshalb, weil er nicht wußte, wozu er sie sonst hätte verwenden sollen; die Arbeit war eine Zerstreuung für ihn.

Viele prangern nämlich diejenigen an, die sich kein Ziel im Leben setzen, setzen sich selbst aber auch keinerlei Ziel, sondern arbeiten um des Arbeitens willen, um sich nicht zu langweilen. Einmal wurde in einer Gesprächsrunde, an der auch ich teilnahm, über eine bestimmte Person schlecht geredet, und einer der Umstehenden glaubte, für den Betreffenden in die Bresche springen zu müssen, indem er sagte: »Trotz allem kann man nicht abstreiten, daß er ein sehr fleißiger Mensch ist; immerzu sieht man ihn studieren...«. Worauf ein anderer erwiderte: »Natürlich, er hat ja auch nichts anderes zu tun...«. Und es liegt ein Körnchen Wahrheit darin.

Immer hat mich, wie viele andere auch, die berühmte Fabel von der Zikade und der Ameise empört. Dabei sind doch der Egoismus und die Unmenschlichkeit der letzteren nur zu offensichtlich. Denn es steht fest, und das habe ich genau recherchiert, daß sie sich während der Arbeit am Gesang der Zikade erfreute.

Ich weiß nicht, wer es war, der gesagt hat, daß die größten Bravourstücke Kinder der Angst sind, und wenn es noch keiner gesagt hat, dann sage ich es eben jetzt, was auf das Gleiche hinauskommt. Ebenso kann man auch sagen, daß die fruchtbarsten Anstrengungen des menschlichen Geistes Kinder der Faulheit, des Müßiggangs sind. Der Mensch arbeitet, um Arbeit zu vermeiden, er arbeitet, um nicht zu arbeiten. Es ist unglaublich, welche Arbeiten der Mensch auf sich nimmt, nur um nicht arbeiten zu müssen.

Und schließlich und endlich: Wer weiß schon, was Arbeiten ist und was nicht?

♦

Der Leser kann selber fortfahren und allerhand Variationen über dieses Thema anstellen, wenn er erst darauf eingestimmt ist. Meine Absicht war es lediglich, ihm eine Reflexionslinie vorzugeben, die ich für äußerst nützlich halte in Ländern, die zu Bienenstökken werden und ihre Einwohner zu Bienen, die nichts im Sinn haben, als Gold einzubringen und dazu über den Blumen herumsummen, die dieses produzieren. In solchen Ländern taucht früher oder später, so wie die Zikade neben den Ameisenhaufen, die Drohne auf, die man im übrigen zu unrecht zu verachten neigt.

Die Drohne, das ist jegliche Art von Abenteurern, jegliche Art körperlicher oder geistiger Vagabunden: der Taugenichts, der Philosoph, der Dichter, der Erfinder und der Politiker. Vor allem letzterer. Und ihnen, dessen könnt ihr sicher sein, den Taugenichtsen, den Philosophen, den Dichtern, Erfindern und Politikern – vor allem letzteren – verdanken wir die Zivilisation. Mehr als den sogenannten Arbeitsamen oder Fleißigen par excellence.

Die Zivilisation entspringt mehr den verschiedenen Weisen des Konsumierens und deren Wandel als den Produktionsweisen und deren Wandel. Damit ein Volk zivilisiert wird und an Kultur hinzugewinnt, ist es wichtiger, daß es Konsumieren lernt als Produzieren. Ich habe einen sehr gelehrten Freund mit erlesenem Geschmack, zartfühlend und scharfsinnig, der stets viel auf Reisen ist, viel liest, Musik hört, Museen besucht, etc.; wenn ihm jemand seine scheinbare Nutzlosigkeit in produktiven Belangen vorhält, ihn etwa mit den Worten beschimpft: »Und Sie, was produzieren Sie denn?«, dann antwortet er unerschütterlich: »Ich? Ich produziere nicht, ich konsumiere.« Und wenn man ihn fragt, ob er denn nicht schriebe, dann antwortet er: »Nein, ich schreibe nicht, ich bewundere diejenigen, die gut schreiben; mein Beruf ist der des Bewunderers oder, wenn man will, des Lesers«. Und dieser Mensch hat andere in Aktivität versetzt und mehr als einem Orientierung gegeben. Gespräche mit ihm sind ein Genuß und ein Anregungsmittel. Ich zumindest habe ihm viel zu verdanken.

Was war denn Sokrates anderes als ein Müßiggänger? Es ist uns kein einziges Zeugnis einer Skulptur bekannt, die er hinterlassen hätte, obwohl er doch Bildhauer war. Und wenn er nichts geschrieben hat, so nehme ich an, daß dies auf seine Bequemlichkeit zurückzuführen ist, weil er sich nicht die Mühe nehmen wollte, zur Feder zu greifen. Die Zeit, die er aufs Schreiben hätte verwenden können, verwandte er darauf, durch die Straßen zu schlendern auf der Suche nach dem nächstbesten Jüngling, mit dem er über Gott und die Welt plaudern konnte. Wenn er heutzutage lebte, würdet ihr ihm bestimmt in irgendeinem Café beim Klatsch mit anderen Müßiggängern seinesgleichen begegnen. Und wieviele Sokrates sterben wohl, ohne daß wir von ihrer enormen Leistung hören, weil ihnen ein Plato oder Xenophon fehlt, die ihn uns schriftlich erhalten würden!

Ein Schriftsteller, der zu Geld gekommen ist mit ein paar Stückchen der leichten Muse, in denen sich mehr oder weniger witzige Witze aneinanderreihen, sagte einmal von einem armen Bohemien, der im Elend starb, er sei »ein Nichtsnutz gewesen«; dabei hatte er die meisten Witze, die ihm zu seinem Ruf und seinem Geld verholfen hatten, von jenem, dem Verschwender, dem Nichtsnutz, gehört. Sowas soll öfter vorkommen.

Überall, aber vor allem dort, wo das Fieber der Geschäftemacherei verheerende Wirkungen zeigt, muß

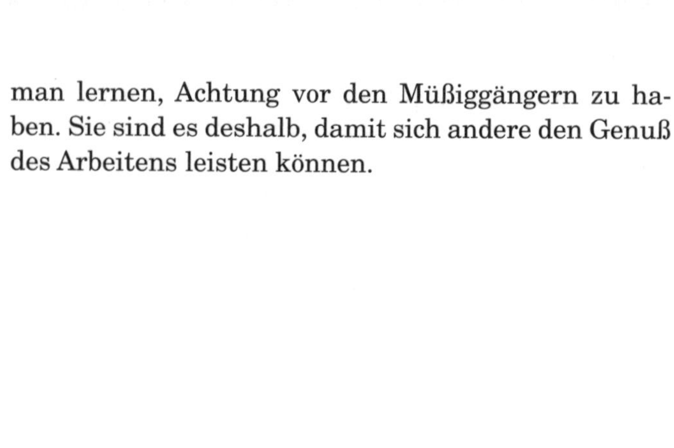

man lernen, Achtung vor den Müßiggängern zu haben. Sie sind es deshalb, damit sich andere den Genuß des Arbeitens leisten können.

Originaltitel: *En defensa de la haraganería*, aus: *Soliloquios y Conversaciones*, zuerst veröffentlicht in *La Nación*, Buenos Aires, 9. 11. 1908.

Berganza und Zapirón[5]

Nicht wenig hatten sie miteinander gestritten, Berganza, der Hund, und Zapirón, der Kater, doch dann begriffen sie im beiderseitigen Einvernehmen, daß es an der Zeit war, sich über den Frieden Gedanken zu machen. Beide waren sie Philosophen von Natur aus, und als solche wußten sie, daß Krieg, Tatzenhiebe und Bisse der Diskussion, dem Miauen und Bellen vorangehen und nicht folgen müssen. Die Menschen, als nicht der Natur gehorchende Philosophen, die sie sind – wobei ich nicht weiß, ob Philosophen wider die Natur, über oder unter ihr stehend –, werden handgreiflich, nachdem sie die verbalen Mittel ausgeschöpft haben, wo sie doch genau das Gegenteil tun sollten. Wieviel besser wäre es da, wenn wir uns zunächst gegenseitig das Fell gerbten, um uns dann, wenn unsre Arme vom vielen Zuhauen erlahmten und der ganze Körper vom Gehauenwerden wie gerädert wäre, zusammenzusetzen und unsere Differenzen zu bereden! Und das ist deshalb so, weil alle unsere Meinungs- und Auffassungsverschiedenheiten nichts anderes als ein Vorwand zum Streiten sind. Streiten wir also gleich im voraus, vielleicht stellt sich dann heraus, daß wir nicht den leisesten Anhaltspunkt für einen Vorwand haben.

Nachdem Berganza von Zapirón etliche Kratzer und dieser von ersterem ebensoviele Bisse eingesteckt hatte, gingen sie daran, abgeklärt und kultiviert miteinander zu diskutieren. Der eine war ein Straßenhund, der andere ein Hauskater.

»Die Straße«, sagte Zapirón, »ist Lehrmeisterin des Landstreichers und gemeinen Gesindes; die Gosse bringt nur Sklaven hervor. Ihr lebt da auf Gedeih und Verderb dem ausgeliefert, der gerade vorbeikommt, und genaugenommen habt ihr so viele Herren wie Passanten. Die Straße ist die Demokratie, und Demokratie bedeutet Knechtschaft und Neid.«

»Und das Haus«, erwiderte ihm Berganza, »ist die Schule des Müßiggangs und des abgeschmackten Stolzes; das Herdfeuer bringt nichts als Undankbarkeit hervor. Dort, im Haus, wirst du menschenscheu. Du hängst am Haus als solchem, seinen Wänden, seinen Winkeln, nicht am Menschen.«

»Ach, teurer Freund Berganza!« rief Zapirón. »Weißt du denn nicht, daß das, was am Menschen zählt und lohnt, seine Werke sind und nicht er selbst? Das Haus zählt mehr als seine Erbauer und Bewohner. Seiner Werke wegen gilt der Mensch etwas in der Natur. Und ich sage dir, wenn er erst feste Behausungen gebaut, Sümpfe trockengelegt, Landengen durchschnitten, Meeresstraßen verbunden, wenn er die Erde erst bewohnbar gemacht hat, dann wird er von der Bildfläche verschwinden und von all seinen Erfindungen und Errungenschaften das hinterlassen, was wirklich nützlich und dauerhaft ist; das heißt, genau das, was wir, die er unvernünftige Kreatur nennt, gebrauchen können. Alles andere dient doch nur seiner unersättlichen Eitelkeit. Der Herd meines Herrchens gibt viel mehr Wärme als sein Herz.«

»Hund bin ich; nichts Hündisches ist mir fremd«, fügte Berganza schulmeisterlich hinzu.

»Sagst du das wegen des menschlichen Herzens?« fragte ihn der Kater.

»Ich weiß nicht, warum ich es gesagt habe«, erwiderte der Hund.

Und Zapirón darauf: »Angewohnheiten der Straße: reden, ohne zu wissen, warum und wozu, reden, nur um nicht zu schweigen. Zum Meditieren gibt es nichts Besseres als die Wärme des heimischen Herdes.«

»Wenn wir alle nur zu Hause säßen...«, begann Berganza.

Doch Zapirón schnitt ihm mit folgenden Äußerungen das Wort ab:

»Man merkt sehr wohl, die Straße hat dich gelehrt, nach Worten zu urteilen, nach Art des Menschen. Die Mehrdeutigkeit ist eine menschliche Erfindung, darauf kannst du dich verlassen, Freund Berganza. Mit »zu Hause bleiben« ist nicht das gemeint, was die Menschen darunter verstehen, genausowenig wie auf der Straße herumstreunen, sich unter die Menge auf den Plätzen mischen und mit ihr heulen, wenn sie revoltiert, gleichbedeutend ist mit Teilnahme an der öffentlichen Sache. Von seinem Haus aus, und ohne es zu verlassen, kann einer sehr wohl die Stadt regieren.«

»Eine Katze vielleicht; aber ein Hund nicht«, antwortete Berganza. »Zu Hause wird man dogmatisch und fanatisch, eigenbrötlerisch. Ihr laßt euch von eurem

Katzeninstinkt treiben und verwandelt das Heim in einen Hinterhalt, in dem ihr lauert, und die ganze Stadt erscheint euch ein einziger Dschungel für eure Beutezüge. Es gibt sie nicht selten, solche öffentlichen Wegelagerer, diebische Kater, die sich am Gut der Allgemeinheit vergreifen, sich im übrigen aber als hervorragende Familienväter erweisen. Von den Frauen werden sie jeder Schuld losgesprochen, denn die Frau, welcher der Sinn fürs Gemeinwohl abgeht, verzeiht dem, der die Stadt beraubt, um die Taschen der Familie zu füllen. Und ihr Katzen, ihr Häuslichen, das ist hundertmal gesagt worden, habt ein weibliches Naturell.«

»Und ihr Hunde«, erwiderte Zapirón, »demnach ein männliches. Ein hündisches Naturell, zynisch, schamlos. Ich verhehle dir nicht, daß ich der Frau mehr abgewinne als dem Mann; sie hat mehr Unabhängigkeitssinn, und obwohl schwächer, ist sie weniger unterwürfig. Die Sklavin bewahrt sich immer mehr an Herrschaftlichem als der Sklave; sie weiß, daß sie ihren Herrn versklaven kann; sie fühlt die Stärke ihrer Schwäche. Und dieses Gefühl innerster Unabhängigkeit, absoluter Freiheit, wird zu Hause noch verstärkt. Die Freiheit ist häuslich, nicht bürgerlich; sie geht vom Hause aus, nicht von der Straße.«

»Siehst du, Freund Zapirón«, rief Berganza, »siehst du? Schon kommt der Dogmatiker zum Vorschein, der Apodiktiker. Und so willst du dich beliebt machen? Willst du so die Sympathien der Menschen erobern?«

»Niemals habe ich mich«, antwortete Zapirón, »bei den Menschen einschmeicheln wollen. Immer denke ich an das, was einer von ihnen sagte, den sie Seneca nannten: Was freust du dich dessen, daß du von denjenigen gelobt wirst, die du selbst nicht loben kannst?[6] Mir liegt nicht am Beifall des Menschen, da ich nicht gedenke, ihm mit gutem Gewissen Beifall zu zollen. Manchmal ekelt mich sein Geruch so sehr an, der Geruch seiner Misere, daß ich seine Wohnung, das heißt, meine Wohnung, verlassen und frische Luft schnappen muß.«

»Da siehst du wieder«, fiel ihm Berganza ins Wort, »wie nützlich die Straße ist.«

»Die Straße nicht«, erwiderte ihm Zapirón, »sondern die Dächer, wo es mehr Licht, mehr Luft, mehr Himmel und mehr Freiheit gibt. Wenn ich aus dem Haus gehe, wenn ich der Küche den Rücken kehre, dann um in den Höhen zu lustwandeln, denn die sind sauberer als diese Straßen, wo die Menschen ihren Unrat hinschmeißen und wo der Regen Schlamm hervorbringt, keine Blumen.«

»Ja, und dort oben«, sagte Berganza lächelnd, das heißt, sanft mit dem Schwanz wedelnd, »vertreibst du dir die Zeit mit der Vogeljagd. Neulich sah ich dich beim Einbruch der Nacht, wie du vom Rand des Daches aus, fast schon in der Regenrinne liegend, den Mauerseglern auflauertest, jedesmal mit den Tatzen nach ihnen schlugst, wenn sie dich in ihrem schnellen Flug fast streiften im Vorübergleiten. Hast du denn einen erwischt?«

»Eine hündische Frage, Freund Berganza«, antwortete Zapirón. »Ob ich einen erwischt habe? Und was tut das zur Sache? Oder glaubst du etwa, wir Katzen gingen der Beute wegen auf Jagd, so wie ihr Hunde? Nein;

für uns ist die Jagd ein Spiel und kein Broterwerb. Eine Katze könnte man nicht abrichten, so wie man es mit Hunden tut, als Wind- oder Jagdhund. Die Freiheit ist wahre Freiheit nur im Spiel; in Broterwerb umgemünzt, verwandelt sie sich in Knechtschaft. Es gibt nur eine Art, wirklich frei zu sein, und das ist im Spiel; auf Broterwerb und Beutefang zu gehen, wird stets, wie dem auch immer sei, Knechtschaft bedeuten.«

»Aber glaubst du denn, Zapirón, daß wir Hunde nicht spielen?« erwiderte Berganza.

»Ja, ihr spielt«, sagte jener zu ihm, »die Spiele, die ihr von den Menschen gelernt habt, und ihr spielt, den Menschen zu überlisten und ihm zu schmeicheln. Eure Spiele sind Spiele der Straße. Wenn ihr miteinander balgt, vermeine ich euch durch Reifen springen oder auf zwei Beinen gehen zu sehen. Auf zwei Beinen gehen! Typische Haltung des Sklaven! Mit erhobenem Antlitz, das heißt, dem Herrn den Befehl von den Augen ablesen. Nein, nein; man muß den Blick immer schön in Bodennähe halten, denn der Boden ist Garant der Freiheit. Ein allzu hoch gerecktes Rückgrat ist leicht zu knicken.«

»Was für Lehren, Freund Zapirón«, rief Berganza, »was für Lehren! Gibt es denn für die Katze, für den Hund, etwas Edleres, als sich den Menschen zum Vorbild zu nehmen und ihm nachzueifern? Ist denn der Mensch nicht die Krönung des Tierreiches?«

»Hab' ich's mir doch gedacht«, antwortete ihm Zapirón verächtlich, »daß du einen Hang zum Philanthropen hast. Ich hätte es dir schon deiner Unterwürfigkeit wegen anmerken müssen. Der Mensch Krönung des Tierreiches? Das bildet er sich vielleicht ein in seinem Dünkel! Aber das Reich, oder besser gesagt, die Republik der Tiere, besitzt nicht eine Krönung, sondern so viele, wie es Arten in ihm gibt. Es hat tausende Höhepunkte aufzuweisen und tausende aufsteigende Äste. Jetzt haben die Menschen das mit dem Übermenschen aufgebracht. Nun gut: dann muß das Ideal des Hundes der Überhund oder ›super-canis‹ sein; das der Katze die Überkatze oder ›super-catus‹, und nicht der Mensch. Meine Anstrengung müßte dahin gehen, auf meiner eigenen Linie über mich hinauszuwachsen, aber nicht Mensch zu werden. Deine fernen Vorfahren, Freund Berganza, die Wildhunde, haben geheult, bevor sie sich dem Menschen anschlossen; sie schlossen sich ihm an, begannen ihn nachzuahmen, versuchten zu sprechen – und begannen zu bellen. Glaubst du, daß das Bellen dem Heulen überlegen ist?«

»In unseren Ohren schon«, sagte Berganza.

»In euren Ohren, die vom Zusammenleben mit dem Menschen geschädigt sind«, antwortete Zapirón. »Aber wenn euch etwas wirklich wehtut, dann bellt ihr nicht, sondern heult. Das Bellen ist eine schmähliche Imitation. Und vielleicht ergeht es uns gleich mit dem Miauen. Die Nachahmung des Menschen ist es, was uns ins Verderben stürzt, Hunde wie Katzen.«

»Zurecht sagen die Menschen, Freund Zapirón«, bemerkte Berganza, »daß ihr undankbar seid. Die Undankbarkeit ist eine Untugend der Katzen.«

»Undankbarkeit! Undankbarkeit hast du gesagt?« entrüstete sich Zapirón in aufgebrachtem Tonfall. »Undankbarkeit? Ich habe es satt, von Undankbarkeit reden zu hören. Wer einen anderen der Undankbarkeit bezichtigt, ist meist entweder scheinheilig oder anmaßend. Sehen wir einmal von der Niederträchtigkeit ab, Freund Berganza, die darin besteht, Wohltaten nur zu erweisen, damit man sie uns dankt; sehen wir davon einmal ab, und sag mir: Glaubst du nicht auch, daß es Dankbarkeit nur unter Gleichgestellten gibt und geben kann? Es genügt doch nicht, daß man uns eine Wohltat erweist, damit wir uns verpflichtet fühlen, sie zu danken; es kommt darauf an, daß der Wohltäter unsresgleichen ist; es kommt darauf an, daß es eine gefühlsmäßige Übereinstimmung zwischen seiner Handlung und deren Aufnahme durch uns gibt. Wer ist denn der Mensch, der lächerliche, anmaßende Mensch, um uns Katzen der Undankbarkeit zu bezichtigen? Sehr wohl könnte sich Kater Micifuz über meine Undankbarkeit beklagen – er tut es freilich nicht –; aber: der Herr des Hauses, in dem ich wohne? Da glaubt er mir eine große Wohltat zu erweisen, indem er mir die Speisereste und Abfälle von seinem Tisch zu fressen gibt, und bildet sich noch ein – der elende Wicht! – ich müßte ihm obendrein dafür danken, daß er mir das eine oder andere Mal über den Rücken streichelt, mir das Fell glättet. Ich und kratzbürstig! Ich und undankbar! Warum, so sag mir, soll ich ihm diese Liebkosungen danken? Vollbringt er sie etwa meinetwegen? Nein; er vollbringt sie des Gefallens wegen, den er daran findet. Es ist ein Genuß für seinen Tastsinn, mir mit der Hand über den Rücken zu streichen, und im Genuß liegt auch sein Lohn. Wie kommt er darauf, daß ich es ihm danken muß? Nein, es besteht kein Grund, diese Liebkosungen zu danken, kein Grund, für Beifall zu danken. Springst du gut durch den Reifen, so bereitet es ihnen Genuß, dich so springen zu sehen, und sie zollen dir Beifall; so lassen sie ihrer Befriedigung freien Lauf, und mit dieser Befriedigung sollten sie sich reichlich belohnt sehen. Liebkosungen danken! Mich undankbar schelten! Aber es überrascht mich nicht, denn nur den Jungen der menschlichen Spezies, nur den Welpen des Menschen, fällt es ein, jenes Mädchen undankbar zu nennen, das ihre Liebe nicht erwidert. Der Sohn meines Hausherrn, der häßlich wie die Nacht ist und ein Einfaltspinsel, wie er im Buche steht, nennt ein Mädchen undankbar, das ihm schon fünfmal einen Korb verpaßt hat. So ist es um die menschliche Vorstellung von Undankbarkeit bestellt, und unter diesen Umständen rechne ich es mir als Ehre an, daß die Menschen das Katzengeschlecht als undankbar bezeichnen.«

»Diese Theorien, Freund Zapirón«, sagte Berganza, »fallen unter das, was die Menschen Anarchismus nennen.«

»Hör mir auf mit den Menschen!« fiel ihm Zapirón ins Wort. »Sollen doch die Menschen sagen, was sie wollen, und ich, Freund Berganza, werde dir sagen, daß das überhaupt keine Theorien sind noch sonst irgendwas, was Hand und Fuß hat. Und was den Anarchismus betrifft, so haben wir es hier wieder mit einer menschlichen Erfindung zu tun, mit der es sich ähnlich verhält wie mit der vom Reich der Tiere. Er ist es, der König der Schöpfung, der sich zum Herrscher über die Tiere aufschwingt, der das erfunden hat.

Aber in unserer Republik ist doch alles ganz anders gelagert...«

»Na schön, ist gut; wir können ja ein andermal weiterreden«, unterbrach ihn Berganza.

»Ja; dort seh' ich deinen Herrn, der nach dir ruft; folge ihm«, sagte Zapirón zu ihm. »Ich gehe Zapaquilda suchen, um zu zweien über den Menschen herzuziehen, im süßen Liebesplausch.«

»Aber...«, setzte Berganza zum Sprechen an.

Und Zapirón kam ihm zuvor, indem er hinzufügte:

»Ja, das Um und Auf in unserem Liebesgeplauder besteht darin, uns über den Menschen das Maul zu zerreißen. So spielen sich alle Zwiegespräche unter Verliebten ab. Wenn du zwei Pärchen wie im Märchen am Gitter siehst, kannst du Gift darauf nehmen, daß sie von nichts anderem reden. Und wenn es den Menschen nicht gäbe, worüber sollten wir uns dann aufregen und das Maul zerreißen?«

»Siehst du, Freund Zapirón«, schloß Berganza, »wie auch du auf den Menschen angewiesen bist und sklavisch von ihm abhängst. Du brauchst ihn, um schlecht über ihn zu reden und dich dabei wer weiß wie unabhängig zu gebärden. Wenn du pfauchst und kratzt, so ist das unterwürfiger, als wenn ich ihm die Hand lekke. So ist die Welt. Leb wohl, Zapirón; schöne Grüße an Zapaquilda. Mein Herr ruft mich.«

Und sie gingen auseinander.

Originaltitel: *Berganza y Zapirón*, aus: *Mi religión y otros ensayos*, zuerst veröffentlicht in *Los Lunes de El Imparcial*, Madrid, 31. 5. 1909.

Der geheimnisvolle Abgrund

Im Zentrum jenes Königreiches gab es einen ausgedehnten, dichten Wald. In ihm wuchsen stattliche Bäume jeglicher Art und immerwährender Grüne. Sie wurden nicht gelb, wenn der Herbst einzog, noch mußten sie sich beim Nahen des Frühlings in neues zartes Grün kleiden. Die Sonne drang nicht durch, um den Rasen an seinem Grund zu erwärmen, so dicht war das Blätterdach. Und in ihm schlängelten sich mannigfache Bächlein dahin. Kein wildes Tier störte seinen Frieden. Einfache Pfade, von den Füßen der Wanderer ausgetreten, meist am Ufer der Bäche entlang und ihrem Lauf folgend, führten zu einer Lichtung, die sich im Zentrum des Waldes befand.

Niemand konnte sich erinnern, daß es auf jener Lichtung je geregnet hätte, und eine uralte, weitverbreitete und kontinuierliche Überlieferung besagte, daß es in der Tat auf jenem Waldschlag noch nie geregnet hatte. Selbst an Gewittertagen, die sehr selten waren, schien es, als bildete sich ein Loch in den Gewitterwolken, damit jene geheimnisvolle Lichtung nicht von den Wassern des Himmels benetzt würde. Auf jener Lichtung befand sich der Abgrund.

Der Abgrund war eine Felsspalte, ein steinerner Schlund, von dessen Eingang aus ein sehr abschüssiges, jedoch bequem zu begehendes Weglein abwärts führte. Das Weglein drang in die Höhle vor, bis es nach etwa zweihundert Schritt, hinter einem vorspringenden Felsen, eine Biegung machte und sich in der Tiefe verlor.

Niemand wußte oder konnte wissen, was sich hinter dieser Wegbiegung, am Grunde der Schlucht, befand. Keiner von denen, die die Schwelle überschritten hatten, war je zurückgekehrt oder hatte irgendein Zeichen gegeben, aus dem man sich einen annähernden Begriff hätte machen können, wie es ihm ergangen war. Kinder waren hier hineingegangen, junge Leute, rüstige Männer, Frauen, Greise, Verrückte und Gescheite, Traurige und Fröhliche, und keiner hatte je Bescheid gegeben, was es denn da unten gäbe. Sobald sie hinter der Wegbiegung verschwanden, hörte man nie wieder von ihnen; keinen Lärm eines Absturzes, keinen Schrei, kein Jammern, nicht einmal einen Seufzer. Sie wurden von einem vollständigen und absoluten Schweigen verschluckt.

Aber dieses Schweigen im Abgrund herrschte nur, wenn er diejenigen, die zu ihm pilgerten, zu sich nahm. An manchen Tagen, im Herbst mehr noch als zu anderen Jahreszeiten, und zu manchen Stunden, beim Einbruch des Abends, stieg aus den Tiefen des Abgrunds eine geheimnisvolle Musik empor, eingehüllt in einen Hauch eines betäubenden, außerirdischen Duftes. Es hörte sich an wie der ferne Gesang einer endlosen Prozession, ganz weit weg, ein schleppender, melancholischer und klagender Gesang einer großen Menschenansammlung. Aber die ferne musikalische Klage war von einer süßen und beruhigenden Melancholie. Ihr Klang war es, der viele von den Hunderten und Aberhunderten, die sich ständig beim Eingang der Höhle herumtrieben, dazu bewog, in den Abgrund hinabzusteigen.

Man hatte schon alle möglichen Versuche und Experimente angestellt. Da war manch einer hineingegangen, der sich an einem starken Seil festgemacht hatte, damit er auf ein Zeichen hin heraufgezogen werden könne, und jedesmal, wenn man dies versucht hatte, mußte man das bereits lose hängende Seil herausziehen, ohne daß irgendein Zeichen vorangegangen wäre. Einmal hatte man einem einen Eisenreif um die Taille geschmiedet, der von einer ebenfalls angeschmiedeten Kette gehalten wurde, und man mußte Reif und Kette ohne den Mann herausziehen, den sie hätten festhalten sollen. Wie hatte er aus ihnen entschlüpfen können? Ein andermal stieg ein anderer hinab, der den Leichnam eines Freundes am Rücken trug – man wollte herausfinden, ob der Abgrund auch Tote aufnahm –. Der Leichnam tauchte am nächsten Tag auf dem Weglein, vor der Biegung, auf, doch von dem Lebenden, der ihn getragen hatte, hörte man, wie es die Regel war, nie wieder. Und da bestand kein Zweifel mehr, daß der Abgrund nur Lebende aufnahm.

Noch ein Versuch wurde vorgeschlagen und mehrmals durchgeführt, nämlich Tiere in die Höhle hineinzutreiben. Diese kamen zwar nach kurzer Zeit wieder heraus, aber wie verschreckt oder verstört, und sie erlangten in ihrem ganzen Leben ihre Stimme nicht wieder. Stumm kamen sie heraus. Kehrte ein Tier aus dem Abgrund wieder, so konnte es für den Rest seines

Lebens nicht mehr bellen oder miauen oder blöken oder muhen oder brüllen oder gackern. Und niemals beobachtete man, daß sich ein Frosch hineingewagt hätte oder eine Maus oder eine Eidechse oder eine Fliege oder eine Mücke.

Mehr als einmal wurde auch der Versuch unternommen, sich zu mehreren, an der Hand gefaßt, zu nähern. Und manchesmal, wenn sich der erste der Wegbiegung näherte und sie überschritt, löste er sich von seinem Gefährten, so fest ihn dieser auch halten mochte, und verlor sich stillschweigend in der Tiefe, oder aber es verlor sich die ganze Menschenkette in ihr.

Es hatten sich am geheimnisvollen und tönenden Grund der Höhle schon alle möglichen Menschen verloren. Einmal ein Familienvater, der von dem Geheimnis angezogen worden war. Und dann schauten seine Kinder um die Wegbiegung, um ihn zu rufen: Vater! Vater! und verschwanden hinter ihm. Was aber den König und das ganze Königreich alarmierte, war die Häufigkeit, mit der sich junge Liebespaare und Neuvermählte von dem Abgrund verschlingen ließen. Dies war eine der beliebtesten Hochzeitsreisen; eine Reise ohne Rückkehr. Und trotz des Kinderreichtums in jenem Land, wo es selten vorkam, daß ein Ehepaar weniger als zehn Kinder hatte, beunruhigte dieser ständige Verlust von jungen Paaren die Regierenden.

Ein heiliger Respekt hatte alle Könige jenes Reiches davon abgehalten, den Zugang zum Abgrund zu verbieten. Ja, es gab sogar einen König, der sich in ihm verlor, woraufhin sich kein anderer mehr in die

Nähe wagte. Aber der unheilbringende Zauber wurde so stark, daß man schließlich beschloß, Wächter vor den Eingang der Höhle zu stellen, die den Zutritt mit Waffengewalt verwehren sollten. Doch dies lief stets darauf hinaus, daß die Wächter in ihrer Wachsamkeit nachließen und selber hineingingen und hinter ihnen all jene, die sie zuvor zurückgehalten hatten.

Ganz merkwürdig war die Sache mit den Selbstmördern. Es scheint doch naheliegend, daß es in jenem Reich keine gäbe, denn wer Lebensmüdigkeit oder -überdruß verspürte, würde doch in den Abgrund hinabsteigen, anstatt sich umzubringen. Und dennoch war dem nicht so. Die Selbstmorde waren sehr häufig in jenem Reich mit dem geheimnisvollen Abgrund, und die meisten von ihnen wurden direkt am Eingang der Höhle begangen. Man machte die Beobachtung, daß es sich um jene handelte, die bei dem Versuch, sich in ihr zu verlieren, schon nach wenigen Schritten kehrtgemacht hatten, bevor sie zu der unheilvollen Wegbiegung gelangt waren. Einmal beging ein armer Mann, der an einer äußerst schmerzhaften chronischen Erkrankung litt, deren Schmerzen er nicht mehr ertragen konnte, Selbstmord und hinterließ ein Schreiben, in dem es hieß, wenn er dem Weg ins Innere der Höhle nicht gefolgt sei, so aus Furcht, dort drinnen würden seine Schmerzen fortdauern, ohne daß er sich dann noch das Leben nehmen könne, aus Furcht vor ewig währender Pein.

Die Regierung bediente sich des Abgrunds für ihre zum Tode Verurteilten. Anstatt sie hinzurichten, zwang man sie, in die Höhle hineinzugehen, was diese natürlich mit dem größten Vergnügen taten. Jedoch nicht alle. Es gab einige, die sich, von einem heiligen Schrecken erfaßt, weigerten, hineinzugehen, und das, obwohl am Eingang eine Abordnung Bogenschützen drohten, sie mit Pfeilen zu erschießen, wenn sie nicht hineingingen. Und mehr als einmal mußte man vom Boden des Eingangs, vor der Wegbiegung, den Leichnam eines Verurteilten wegschaffen, der den Tod jener Versenkung vorgezogen hatte.

Einmal kam aus einem fernen, unbekannten Land, von dessen Existenz man nur vage gehört hatte, ein alter, blinder Bettler, von einem jungen Blindenführer begleitet. Der Alte sprach nur seine, für die Bewohner dieses Reiches vollkommen unverständliche Sprache. Wenn er mit seinem Blindenführer sprach – und mochten seine Worte auch noch so knapp sein –, konnten sie nicht im entferntesten erraten, wovon er zu ihm redete. Der Blindenführer radebrechte einige Brocken der Landessprache. Der blinde Alte sang manchesmal, und sein Singen hatte eine gewisse Ähnlichkeit mit dem fernen, geheimnisvollen Gesang, den man an Herbstabenden, in einen Hauch betäubender Düfte eingehüllt, vom Grunde der Höhle heraufdringen hörte. Es war ein Gesang wie dazumal derjenige, mit dem Lazarus, der Bruder von Martha und Maria, in seinem zweiten Leben seine Arbeit begleitete, nachdem ihn Christus aus dem Grabe auferweckt hatte. Alle blieben stehen, um den armen Blinden zu hören, und alle fühlten den Drang in sich, in den Wald zu gehen, zu der Lichtung vorzudringen und sich im Abgrund zu verlieren.

Da geschah es, daß der alte blinde Bettler zusammen mit seinem Führer seine Schritte zum Wald lenkte und von dort zur Lichtung und zur Höhle, sich durch eine dicht gedrängte Menge den Weg bahnte und, von seinem Blindenführer geleitet, auf dem Pfad voran singend in die Höhle eintrat. Und der Junge, der ihn führte, kehrte nicht zurück, wohl aber der Blinde – der einzige in vielen Jahrhunderten! –. Alle drängten sich herbei, um ihn zu sehen. Er kam blind heraus, so wie er hineingegangen war. Und niemand verstand ein Wort von dem, was er sagte, und weder aus dem Tonfall, noch aus den Gesten, noch aus dem Gesichtsausdruck war auch nur das Geringste zu entnehmen. Er verlor sich im Dickicht des Waldes, und man hörte nie wieder von ihm. Aber seine Rückkehr aus dem Abgrund, die einzige Rückkehr, prägte jenes Volk mit einem unauslöschlichen Eindruck.

So hing das ganze Leben in jenem Reiche, absolut alles, am Geheimnis des Abgrunds. All seine Kunst, seine Wissenschaft, seine Literatur, seine Regierung drehten sich darum. Nicht daß die Leute nicht gestorben wären so wie anderswo auch, nein! Die meisten seiner Einwohner starben so, wie man in anderen Ländern stirbt, an denselben Leiden und auf dieselbe Art und Weise.

Stets befand sich rund um den Eingang zur Höhle eine große Menge von Menschen, die der Faszination verfallen waren und Stunden, Tage, Monate und Jahre, ja manche das ganze Leben damit zubrachten, die Wegbiegung zu beobachten. Und wenn aus der Tiefe jener melancholische und volltönende Gesang wie von einem fernen Chore heraufklang, dann drängte sich die Menschenmenge, um sich an der seltsamen Musik und dem nicht weniger seltsamen Duft, der sie einhüllte, zu berauschen. Die meisten dieser Unglückseligen wagten es nicht, hineinzugehen, und starben elend in der Umgebung des Eingangs zur Höhle, sich vor Sehnsucht nach ihren Tiefen verzehrend. Das nahe Dickicht des Waldes war voll von Hütten und Zelten, in denen jene Unglücklichen, die der Faszination verfallen waren, hausten. Und wenn sich endlich einer von ihnen entschloß, hinabzusteigen, sahen ihn die anderen mit Schrecken und neiderfüllt an. Jedesmal trugen sie ihm, trotz der ständigen Enttäuschungen, zum Abschied auf: »Richte uns aus, was da drinnen ist; antworte uns, wenn wir dich rufen.« Und niemals antwortete irgendeiner derer, die hineingegangen waren.

Es gab in dem Königreich sehr viele Menschen, die Mehrzahl sicherlich, die sich nie dem Abgrund genähert hatten, ja nicht einmal dem Wald, der ihn barg, aber diese lebten nicht weniger als die anderen unter der Faszination des Geheimnisses der Höhle. Einige, nicht wenige, empörten sich sogar darüber, daß man über dergleichen spräche; gerade diese aber waren es, die vielleicht am meisten daran dachten. Und es fehlten auch nicht diejenigen – obzwar man sie an den Fingern hätte abzählen können –, die gar die Existenz eines solchen Abgrunds leugneten.

In jenem Reich war jegliche Philosophie, jegliche Wissenschaft, jegliche Kunst, jegliche Literatur, wie wir bereits sagten, vom Geheimnis des Abgrunds durchdrungen, am meisten jedoch jegliche Philosophie, Wissenschaft, Kunst, Literatur, die sich ausdrücklich vorgenommen hatte, das Geheimnis zu ignorieren. Je weniger von ihm gesprochen wurde, desto stärker war es in der Vorstellung jener, die es derart verschwiegen, präsent.

Es gab – wie hätte es auch anders sein können? – unter den Denkern jenes Königreiches eine Vielzahl an Hypothesen und Theorien darüber, was der Abgrund wohl beinhalten mochte. Jemand hatte vorgeschlagen, auf anderem Wege in ihn einzudringen, indem man ihn mit Mitteln der Ingenieurskunst öffnete, aber nie konnte ein Arbeiter ausfindig gemacht werden, der es gewagt hätte, den ersten Hieb mit dem Pickel zu tun. Man erinnerte sich daran, daß ein König einst den Höhleneingang mit einer Mauer hatte verschließen wollen, und als man Hand ans Werk legte, ließen die Leute entweder ihre Arbeit im Stich und gingen in die Höhle hinein, oder aber sie starben sehr bald. Und am Morgen fand man jedesmal das Werk des Vortages zunichte gemacht. So kam es, daß man von dem Vorhaben Abstand nehmen mußte. Unter den Grenznachbarn des Volkes mit dem Abgrund war dessen Geheimnis Anlaß für Spott, gemischt mit Schrecken. Alle Ausländer, die jenes Reich aufgesucht hatten, um das Geheimnis zu erforschen, hatten es entweder überhaupt nicht erforscht oder aber waren nicht in ihr Heimatland zurückgekehrt, um zu erzählen, was sie gesehen hatten, weil sie sich von dem merkwürdigen Zauber hatten überwältigen lassen und im Abgrund verschwunden waren, oder aber sie waren zurückgekehrt, ohne daß es ihnen gelungen wäre, in den Wald vorzudringen. War ein Ausländer erst einmal in den Wald gelangt und hatte er jene Lichtung erreicht, wo es nie regnete, so stieg er unweigerlich auch in die Tiefen des Abgrunds hinab. Davon gab es keine Ausnahme.

Von den Ausländern, denen es nicht einmal glückte, wenigstens in den Wald zu gelangen – so einen Widerwillen rief er in ihnen hervor –, und die daher ihre Informationen aus den Erzählungen derer bezogen, die auch niemals dort gewesen waren, taten die einen so, als ob sie es als Scherz auffaßten, die anderen zuckten die Schultern, und wieder andere gaben schließlich eine symbolische Erklärung für all dies ab.

Aber diese Erklärungen, die symbolischen und allegorischen, standen bei denen am meisten in Mißkredit, die zumindest etwas vom Wald verstanden. Es handelte sich nicht um ein Symbol, nein, sondern um eine sehr reale Realität.

Es handelt sich um kein Symbol, nein, und um keine Allegorie; es handelt sich um keinen abstrakten Gedanken, um keine soziologische Reflexion, die in konkrete und allegorische Form gekleidet wäre. Nein.

Gestern, am achten dieses Monats September, dieses milden Monats in meinen baskischen Bergen, fuhr ich in der Nähe des Schlosses von Butrón am Ufer des gleichnamigen Flusses entlang, und sah dann das Meer sich angenehm zwischen den Felsen ausbreiten, von denen der Strand von Gorliz umschlossen ist. Dann kehrte ich nach Bilbao zurück, in mein Bilbao, und legte mich in meinem Jugendzimmer nieder. Und ich brauchte lange, um einzuschlafen, drehte und wälzte mich im Bett, mit dem Gedanken beschäftigt, was ich übermorgen bei der Feier zu Ehren des unglücklichen bilbainischen Bildhauers Nemesio Mogrobejo sagen soll, der in der Blüte seiner Jahre dahingerafft wurde.[7]

Unter den Werken Mogrobejos gibt es ein Relief, das die Strafe des Grafen Ugolino darstellt, wie sie uns Dante in der *Divina Commedia* so plastisch schildert. Und gestern nacht schlief ich, nach nicht wenigem Drehen und Wenden, mit dem Gedanken an die *Divina Commedia* ein.

Etwa um Mitternacht weckte mich ein heftiges Gewitter mit starkem Regenguß. Und beim Aufwachen fand ich diese Erzählung vom Geheimnis des Abgrunds vor. Sie war mir zugefallen, ohne daß ich je Ähnliches erlebt oder dafür eine Erklärung, eine Deutung gehabt hätte. Auf einmal war sie da, diese Geschichte, mit all ihren inneren Widersprüchen. Und zwar die ganze Geschichte, mit allen Details. Ich machte Licht und setzte mich hin, um sie niederzuschreiben, auf Diktat niederzuschreiben.

Auf Diktat, von wem? Ich weiß es nicht. Woher mir diese Erzählung zugekommen ist? Auch das weiß ich nicht. Was ich weiß, ist lediglich, daß es kein Symbol ist, keine Allegorie, es ist nicht das, was es ist. Mir hat es jemand erzählt, ich weiß nicht, wer, und ich erzähle es euch so, wie es mir jemand erzählt hat.[8]

Originaltitel: *La sima del secreto*, aus *Soliloquios y Conversaciones*, zuerst veröffentlicht in *La Nación*, Buenos Aires, 6. 10. 1910.

Sommerphantasie[9]
(aus einem unvollendeten und unvollendbaren Brief)

Es ist herrlich, lieber Emilio; die Tage vergehen mir, ohne daß ich irgend etwas täte. Ohne daß ich irgend etwas täte? Ich gestehe Dir, daß ich zwar nicht weiß, was »tun« ist, doch noch viel weniger weiß ich, was »irgend etwas« ist. Wer weiß! Vielleicht hast Du recht, wenn Du meinst, man meditiere nie mehr und besser, als wenn man schlafe wie ein Sack.

Hier gibt es am Ufer des Flusses eine Wiese und neben ihrem frischen Grün einen Pappelhain, durch den keine Sonne dringt. Dorthin pflege ich jeden Morgen zu gehen, ein Buch unterm Arm, in dem ich niemals lese.

Meine Seele labt sich am ständigen Rauschen des Flusses, das sich über das Gehör in sie senkt und sich dort drinnen, in der Seele, mit dem Grün vermischt, das durch die Augen ebenfalls in sie eindringt. Und so singt mir das Grün so recht zu Herzen.

Zuallererst das Bad. Ich werfe mich fast nackt auf die Wiese, wälze mich auf ihr, und da mir das Gras nicht mundet, verstreue ich Erdbeeren darauf, um sie eine nach der anderen mit dem Mund aufzulesen, ohne die Hand zu gebrauchen. Und mir scheint, daß aus dem tiefsten Grunde meines Geistes die Frische urwüchsiger Animalität aufsteigt. Dann springe ich kopfüber ins Wasser, tauche unter und beobachte, wie die Wellen des Flusses gegen die Wellen der Atmung meiner Brust schlagen. Ich steige danach heraus und strecke mich auf das Gras der Wiese, mit gespreizten Beinen und die Arme fast überkreuzt, um mehr Erde zu umfassen, und während der Wind mit dem Gras meine Haare netzt, spüre ich, als ob mir bei der Berührung des Bodens Wurzeln sprössen, und ich schlummere ein. Da überkommt mich, mit dem Rauschen des Flusses und der Brise im Laub der Pappeln, das Träumen meiner Vegetabilität.

Ich pflege, wie ich Dir gesagt habe, ein Buch mitzunehmen, jedoch, um nicht in ihm zu lesen. Kennst Du nicht den Reiz, ein Buch zur Hand zu haben, um nicht in ihm zu lesen? Es ist köstlich. Es höchstens zufällig aufzuschlagen, ein paar Worte zu lesen und es wieder zu schließen.

Vor zwei Tagen setzte ich mich mit meinem geistreichen Buch an den Fuß einer Pappel. Und ich dachte an die Bäume, die gefällt werden, um aus ihrem Holz Papierbrei zu machen und aus diesem Papier Bücher. Lohnt es sich, einen Baum zu fällen, um ein Buch zu machen, einen ganzen Wald, um eine Bibliothek zu füllen? Ich weiß schon, Du wirst Dich für den Baum und das Buch aussprechen; ein gutes Buch, im Schatten eines dicht belaubten Baumes gelesen... (Und auch der Baum ist ein Buch, und auch das Buch ist ein Baum, wird unser Freund U*** sagen.) Aber es handelt sich um eine Alternative: entweder das eine oder das andere. Ehrlich gestanden, wenn man mich vor die Wahl stellt, so verwahre ich mich dagegen, daß man einen Baum einem Buch opfert und einen Wald einer Bibliothek.

Wieviel Papier, wieviel Holz, das einst Blätter trug, wird doch in den Bibliotheken amortisiert! Doch ich hoffe, es wird die Desamortisation der Bibliotheken kommen, und aus ihrem Papier wird Altpapier gemacht, das wieder in den Kessel kommt. Wir müssen zu den Palimpsesten zurückkehren.

Unser Freund L***, der *Wissenschafter*, greift hier auf seine Lieblingsdoktrin in der Ökonomie zurück, nämlich auf das Problem der Maxima und Minima, und versucht, zur Lösung des Maximums an Produktion guter Bücher bei einem Minimum an Zerstörung guter Bäume zu gelangen. Ich verstehe davon nichts.

Neulich stattete mir unser *Wissenschafter*, der hier in der Nähe auf Sommerfrische weilt, einen Besuch ab, und während ich, der Länge nach auf der Wiese hingestreckt, fühlte, wie ich in ihr Wurzeln schlug, erklärte er mir des langen und breiten, wie die Sonne ist, vor der wir jetzt flüchten, welche uns das Wasser des Flusses beschert, da sie es ist, die aus dem Meer und der Erde die Wolken emporhob, die ihren Schnee an den Felsen der Gebirge abluden, von wo der Fluß herabströmt. Und während er im Schatten saß und sich zum *Sonnenanbeter* erklärte, schlief ich mit meinem Buch in der Hand ein. Er nahm es mir aus derselben und machte sich daran, es zu lesen, bis ich aufwachte.

Aber unser Freund ist gegangen, und ich bin, wie es scheint, allein zurückgeblieben. Jedoch nicht so allein, wie es den Anschein hat. Da ich seine gelehrten Erklärungen nicht hören kann, mache ich mich auf die Suche nach Insekten, die mich unterhalten. Ich fange eines, lasse es wie beim Maibaumerklimmen ein Stöckchen hinaufklettern und sage mir: »Wenn es oben ankommt, das heißt, wenn es ans Ziel gelangt, was wird es dann wohl machen? Sicher wird es wegfliegen.« Du weißt ja, daß nach unseren Vorstellungen derjenige, der ans Ziel gelangt – diese so hohle Sache, die wir »ans Ziel gelangen« nennen –, nur zwei Möglichkeiten hat: dableiben oder wegfliegen. Nun gut, mein Käfer – es war ein Käfer –, kaum daß er am höchsten Punkt des Stöckchens angekommen war, machte eine volle Drehung und begann sehr philosophisch wieder hinunterzukrabbeln. Er hatte sofort begriffen, daß er dort oben nichts verloren hatte, und es schien ihm völlig gleichgültig zu sein, daß man ihn an der Spitze sähe. Als Philosophen lobe ich mir die Käfer, kein Zweifel.

Um die Stunde, wenn die Kühe an den Fluß zum Trinken herunterkommen, begebe ich mich zu der stillen Stelle in der Nähe der Mühle, die wie ein großer Tümpel aussieht, und sehe sie, wie sie sich im Wasser spiegeln, als wären es zwei Kühe, die einander trinken. Und da ich sie am Ufer liegend anschaue, befreit von unserer normalen Stellung des Hochaufgerichtetseins – Du wirst Dich sicher erinnern, daß der Mensch, unserem Freund zufolge, nichts als ein vertikales Säugetier ist –, erlangt dies alles einen merkwürdigen Eindruck von Unkörperlichkeit. Es ist, als verwandle sich die gesamte Landschaft in ein bloßes Gewand des Raumes, der Unermeßlichkeit Gottes, nach unserem Philosophen.

Und so ist es mit all diesen Dingen, die direkt durch die Sinne in mich eindringen: dem Rauschen des Flusses und der Blätter, dem Grün der Wiese und der Bäume, den Kühen, den Käfern, der Mühle, den Wolken; all dies dient mir als Gewand der Begriffe, die ich im Winter im Schatten der Bibliothek lernte. Es gab einen Augenblick, unlängst, in dem ich unseren Freund L***, den *Wissenschafter*, nicht wie einen Menschen anschaute, das heißt, nicht wie ein rationales Wesen voll von Gedanken, Affekten und Wünschen, sondern wie ein Tier, wie den Ochsen, der aus dem Fluß trinkt. Am liebsten hätte ich ihn umarmt.

Und glaub ja nicht, das bedeute, die menschliche Würde zu erniedrigen; weit entfernt davon. Die mehr oder weniger wissenschaftlichen Moralisten mögen sagen, was sie wollen, ich bin der Ansicht, wenn zwei Menschen sich gegenseitig wie gutmütige Tiere und sonst nichts betrachten, so sind ihre Liebesbeziehungen viel reiner und keuscher, als wenn sie sich darauf versteifen, jeder in die Seele des anderen blicken zu wollen. Alle Abnormitäten des Sexualinstinktes rühren daher, daß jeder der Liebenden auf die Gedanken, Affekte oder Wünsche des anderen einwirken will. Wir haben sogar die Verderbtheit ins Tierreich eingeschleust, eine Sünde, für die man uns streng zur Rechenschaft ziehen wird.

In diesen Stunden der Selbstvergessenheit, in der sich meine Seele in den Armen der Schläfrigkeit in ihre Animalität versinken fühlt, spüre ich, daß mir unter dem Bette meines Geistes in geheimnisvollen unterirdischen Wellen kosmische Gedanken hindurchströmen, die in keiner Sprache Platz haben, nicht einmal in der der Musik. Und da verstehe ich, daß eine Landschaft ein Bewußtseinszustand sein kann.

Aber glaube nicht, das bedeute, ich würde meinen Prinzipien abschwören, nein! Eine Landschaft hat, ebenso wie ein Bewußtseinszustand, ein Skelett. Ich hasse Dinge ohne Gehalt, weil sie nur Schein von Dingen sind. Um in der Liebe eines Liedes einzuschlafen, das uns in den Schlaf wiegt, ist am besten das Lied, das den reichsten Gehalt hat. Besser Leopardi als Zorrilla.[10]

Und welche Freiheit, lieber Emilio, liegt in der Verknüpfung dieser meiner sommerlichen Gedankengänge am Flußufer! Es ist das Hervorragendste der Logik, die, wie Du weißt, darin besteht, daß man nicht weiß, ob es sie gibt. Keine Spur von Syllogismen und Kettenschlüssen!

Doch vor allem, wie weit entfernt von der gewöhnlichen und normalen geselligen Dummheit! Wie weit entfernt von der Trivialität, welche das Zusammenleben des gesellschaftlichen Lebens zwangsläufig hervorbringt! Wie weit entfernt vor allem vom *Decorum*, diesem lächerlichen *Decorum*, dem wir unsere innerste Heiligkeit opfern! Hier kann ich die Beine in die Luft heben und Erdbeeren mit dem Mund auf der Wiese auflesen, ja sogar das Quaken der Frösche oder das Blöken des Schafes nachahmen, ohne daß irgendein Blödkopf irgend etwas sagen kann. Es gibt nichts Humorvolleres als die Natur und nichts, das es weniger wäre als die Gesellschaft; vor allem die unsrige, die spanische. Hier inmitten der Natur ist es natürlich, daß ich ein Gebet unterbreche, um ein Wiehern auszustoßen oder ein paar Purzelbäume zu schlagen, um danach das Gebet wieder fortzusetzen. Hier verlangt mir niemand dieses blöde logische Kongruenz ab, die, weit davon entfernt, die Grundlage eines Charakters zu sein, vielmehr seine Negation ist.

Hast Du je darüber nachgedacht, was man einen Charakter nennt? Die Menschen, von denen man sagt, sie seien ein Charakter, sind so, daß man ein ganzes Jahr lang über sie lachen kann, ohne aufzuhören. Ihre nahezu einzige Sorge ist es, ihrem Typus getreu zu bleiben. Denn sie haben einen Typus. Oder, wie unser guter P***, der Paradoxist, sagt, sie imitieren sich selbst. Und wieviele gibt es nicht von der Sorte, die nichts tun, als sich selbst zu imitieren!

Jetzt wirst Du sicherlich wissen wollen, kann ich mir vorstellen, welches das Buch ist, das ich zu der Wiese am Flußufer mitnehme, um nicht in ihm zu lesen. Denn es ist nicht jedes Buch dazu geeignet, es mitzunehmen und nicht darin zu lesen. Es bedarf eines erlesenen Gehaltes stummer Suggestion. Du wirst vielleicht glauben, es sei irgendein Buch der regenerationistischen Soziologie. Weit gefehlt …

Mehr schrieb Julián seinem Freund Emilio nicht. Er, der es liebte, nichts zu vollenden, vollendete diesen Brief nicht.

Originaltitel: *Fantasía de verano*, aus *Inquietudes y meditaciones*, zuerst veröffentlicht in *Los Lunes de »El Imparcial«*, Madrid, 7. 8. 1911.

Die Pflicht und die Pflichten

Ein nordamerikanischer Professor, Mr. John Dewey[11], sagt in einem Büchlein über die deutsche Philosophie und Politik (*German Philosophy and Politics*) im Bezug auf die Ethik von Kant, daß »die Heilsbotschaft einer Pflicht, jeden Inhalts bar, dazu beschaffen war, solche besonderen Pflichten, wie die bestehende nationale Ordnung sie vorschreiben mochte, zu sanktionieren und zu idealisieren«.[12] Und er schreibt »Duty«, in Großbuchstaben, die Kantsche, rein formale und sinnentleerte Pflicht, die des kategorischen Imperativs, und »duty«, in Kleinbuchstaben, die tatsächlichen und konkreten Pflichten, wie die der Bergpredigt im Evangelium oder wie die Preußischen Militärvorschriften. Und Mr. Dewey fährt fort: »Der Pflichtsinn muß seinen Gehalt irgendwoher nehmen … Konkret gesprochen: Was der Staat befiehlt, ist die gemäße äußere Erfüllung eines rein inneren Pflichtsinns.«[13] »Das bedeutet, daß der kategorische Imperativ, da er etwas rein Formales ist, mit Materie aufgefüllt werden muß, und diese wird von den Autoritäten des Staates beigesteuert. In letzter Konsequenz heißt es also, daß die Pflicht das ist, was der Staat befiehlt. Wenn der Staat etwa befiehlt, man habe Greise, Frauen, Kinder und unbewaffnete Männer von einem Zeppelin oder einem Unterseeboot aus zu töten, so ist es eine Pflicht – eine patriotische Pflicht, nehme ich an –, sie zu töten. Und so hört es auf, ein Gemetzel zu sein. Oder es ist, wenn man will, ein Kantsches Gemetzel, kategorisch oder formal.« (Das mit dem Gemetzel ist ein Euphemismus.)

»Doch wenn wir«, sagt er, »nicht dieses unerschütterliche Kriterium einer kategorischen Pflicht in Großbuchstaben suchen, die formal und vor allen ihren Konkretisierungen existiert, worauf sollen wir dann unsere kleingeschriebenen Pflichten gründen, die empirischen und materiellen?« Wir müssen vermeiden, in die Kasuistik zu verfallen. »Wir sind uns schon darüber einig geworden, daß der ethische Empirismus den oberflächlichen Engländern überlassen bleiben soll, die unverbesserliche Pragmatiker sind und nicht weniger unverbesserliche Gefühlsmenschen. Sie waren es, die mit Adam Smith die Ethik auf die Sympathie begründen wollten; die mit Bentham versuchten, die Gefühle zu gewichten und zu messen, und die mit Stuart Mill den Militarismus anprangerten. Nichts als Oberflächlichkeit und Mangel an philosophischem Sinn. Oder höchstens verschwindend kleiner philosophischer Sinn.«

Sollen wir zum Beispiel als Kriterium unserer Handlungen die Förderung des Glücks heranziehen? Weit gefehlt! Wir wissen doch, daß es Leute gibt, die sehr ernsthaft die Ansicht vertreten, der Mensch habe kein Recht auf Glück. Er hat kein Recht …, hat kein Recht…; was bedeutet das eigentlich, Recht oder kein Recht auf etwas zu haben?

Doch während die einen, die mit dem kategorischen

Imperativ, dem Menschen sein Recht auf Glück streitig machen, kommen andere und sagen ihm, er habe das Recht auf Leben. Das mit dem Recht auf Leben verstehe ich erst recht nicht. Was soll das bedeuten, Recht auf Leben zu haben? Ein Freund sagte mir, da der Mensch geboren werde, *um* zu leben, habe er das Recht auf Leben, und ich fragte ihn, indem ich die dialektische Mühle im Vakuum kreisen ließ, ob er geboren werde, um zu leben, oder ob er nicht lebe, weil er geboren wurde. Denn mit demselben Recht, mit dem er mir sagte, wir würden geboren, um zu leben, könnte ich ihm erwidern, daß wir geboren würden, um glücklich zu sein. Worauf er mir mit Verachtung entgegnete, letzteres sei ein katechistischer, das heißt, kindischer und alberner Begriff, denn nur dem Katechismus falle es ein, zu behaupten, der Mensch komme auf die Welt, um Gott in diesem Leben zu dienen und sich dann im ewigen Leben Seiner zu erfreuen. »Das ist doch nur Hedonismus!« endete er entschlossen und sah mich an, als wollte er sagen: Na, was sagst du jetzt?

Die Beförderung des Glückes als Maßstab unserer Handlungen zu nehmen, ist etwas, was, wie ich meine, vielen Entsetzen einflößt. Vor allem denjenigen, die der *Kultur* ihren Kult erweisen.[14] Das ist Hedonismus oder Utilitarismus und nicht Sache eines Volkes, das etwas auf sich hält. Eines Volkes, sage ich, nicht eines Menschen.

Sehr richtig sagt der oben erwähnte Mr. Dewey, »Menschen, die bekennen, daß sie bei der Prüfung einer Handlung keine Rücksicht auf Glück nehmen, haben eine leidige Art, nach ihrem Prinzip zu leben, denn sie machen andere unglücklich«.[15] Und so ist es.

Obwohl es vielleicht angebracht ist zu sagen, daß sie vom Glück eine höhere, reinere, vor allem reinere, Anschauung haben. Denn so wie es eine reine Vernunft, einen reinen Willen, eine reine Intuition, eine reine Materie gibt, etc., etc., (diese drei Punkte sollen eine unendliche Zahl von Etceteras verkörpern, wie in einem periodischen Dezimalbruch, auch er rein), muß es auch ein *reines Glück*[16] geben. Und was ist *das reine Glück*? Oh, auf dieser Vorstellung von Reinheit beruht ja der springende Punkt! Denn sobald jemand das reine Glück anvisiert – so, in Großbuchstaben, wie die PFLICHT –, kann er mit dem ruhigsten Gewissen die kleinen Glücke in Grund und Boden treten, das kleingeschriebene Glück, das Glück von diesem und von jenem und von diesem dritten. Das einzige, was zählt, ist das großgeschriebene oder reine GLÜCK, das ideale, das des MENSCHEN, ebenfalls großgeschrieben und rein, das des BEGRIFFS des MENSCHEN, mit dem die *Logik* des letzten großen Kantianers, des Juden Cohen[17], ihre Krönung und Überhöhung erfährt. Angesichts des BEGRIFFS des MENSCHEN – beide großgeschrieben und rein –, das heißt aber, angesichts des BEGRIFFS-MENSCHEN, muß sich nicht nur jeder einzelne von uns, diesen elenden kleingeschriebenen und unreinen Menschen aus Fleisch und Blut, opfern, sondern muß jeder von uns auch die übrigen opfern. Wenn's nottut, auch, indem wir sie umbringen. Dafür ist ja der Krieg da, welcher die höchste Liturgie im Kult an die REINHEIT und an den BEGRIFF darstellt. Denn solange man nur rein, diszipliniert, aus der großgeschriebenen PFLICHT heraus tötet, befindet man sich bereits außerhalb dieser lächerlichen Kleinigkeiten wie etwa der des fünften Gebotes des Gesetzes Gottes. Denn diese Gebote schreiben ja nur kleingeschriebene Pflichten vor.

Die Sache mit dem höchsten Glück kannten schon unsere entferntesten – ach, gar nicht so weit entfernten! – Vorfahren, die die Inquisition schufen, die mit dem Kreuz am Degenknauf auszogen, Leiber zu töten, um Seelen zu retten. Das waren edle Vorläufer von Kant ... Hatten wir denn nicht festgestellt, daß Spanien das Land der Vorläufer ist? Vorläufer von Descartes, Vorläufer von Kant, Vorläufer des Preußenkaisers Diese edlen Spanier waren also Vorläufer von Kant, die dem kategorischen Imperativ gehorchten, fremde Seelen zu retten, der geheiligten großgeschriebenen PFLICHT, Ketzer zu töten.

War es denn nicht Kant, der mit dem ewigen Frieden, der da sagte, wenn die Menschheit als Ganzes im Begriffe wäre unterzugehen und es gäbe einen vom Gericht zum Tode Verurteilten, so müßte man ihn noch vor dem allgemeinen Untergang hinrichten? Ja, so sprach der gestrenge Mann, der kein Mitleid kannte. Und dann gab es Schüler von ihm, die sogar vom Recht auf Strafe sprachen.

Das Recht auf Strafe! Das ist allerdings wahrlich rein! Es bedeutet, daß ein zum Tode Verurteilter das Recht darauf hat, daß man ihn henkt oder erschießt oder guillotiniert. Denn das ist es, was ihm der Priester sagen kann, der ihm mit dem Kreuz in der Hand beisteht, um gut zu sterben: »Glücklich du, mein Sohn, der du reuevoll stirbst, nachdem du deine Sünden bekannt hast, reumütig, bußfertig und losgesprochen, da du die Gewißheit hast, endlich die ewige GLÜCKSELIGKEIT zu erlangen! Und dank dieses Todes werden dir viele Jahre Fegefeuer erlassen werden! Was wäre geschehen, mein Sohn, wenn man dich begnadigt und deines Rechtes auf die Todesstrafe beraubt hätte, auf diese exemplarische Strafe, mit der du zum Wohl der öffentlichen Sicherheit beiträgst? Nun, es hätte geschehen können, daß du wieder in Todsünde verfallen wärest und daß dich der Tod ereilt hätte, während du noch in ihr lebtest. Was dann? Was für ein Glück, das dir nun zuteil wird, mein Sohn!« Und wenn man sich dies wohl überlegt, versteht man die ganze Reichweite der Sache mit dem Recht auf Strafe.

Wie? Hält etwa irgendein Leser diese Reflexionen für unangebracht, findet er sie gar makaber? Nun, das ist darauf zurückzuführen, kann ich ihm versichern, daß es ihm an Reinheit des Verständnisses mangelt. Das heißt, es geht ihm philosophischer Geist ab. Denn so wie Pascal zwischen dem geometrischen – oder mathematischen – Geist und dem Geist intuitiven Erfassens – *l'esprit de finesse* – unterscheidet, so gibt es auch den philosophischen Geist, das heißt, den der Reinheit. Denn die reine Vernunft, Organ des philosophischen Geistes, ist es, welche die reinen Dinge, d.h. die reinen Ideen, versteht und handhabt. Denn ein reines Ding ist nichts als eine Idee. Oder besser gesagt, ist nichts weniger als eine Idee. Auch diese großgeschriebene PFLICHT ist nichts als, d.h. nichts weniger als eine Idee oder ein *Begriff*[18]. Deswegen ist sie schrecklich!

Gibt es denn etwas Schrecklicheres als eine Idee?

Der Leser hat wahrscheinlich noch nie darüber nachgedacht, was es bedeutet, wenn man von einem sagt, eine Idee habe sich ihm in den Kopf gesetzt. Was in der Mehrzahl der Fälle nichts anderes bedeutet, als den Kopf in eine Idee zu versetzen. Und ein Mensch, der darauf verfällt, einer dieser Ideenmenschen, ist schrecklich. Das sind die Menschen des wildesten, des kalten Fanatismus. Der wiederum ist der disziplinierte und gehorsame Fanatismus.

Denn es gibt tatsächlich das, was wir kalte Leidenschaften nennen könnten. Ja sogar eiskalte. Und eine dieser kalten Leidenschaften ist die der großgeschriebenen PFLICHT.

Gott möge uns dagegen unreine, unphilosophische, sentimentale, anekdotische und nicht kategorische Menschen geben, mit denen wir Umgang haben können, mitleidige und nicht gerechte, Träumer, Sorglose, wenn man will, wenig bis gar nicht diszipliniert im absurden militärischen Sinn der Disziplin, aber wirklich diszipliniert im anderen Sinn, im Sinne der Disziplin des *discipulus*, des Jüngers, der von Herzen und aus eigenem Antrieb die Meisterschaft – des Meisters – fühlt, denn die wahre Disziplin oder *discipulina* erfordert Meisterschaft und nicht Autorität. Gott möge uns Menschen mit einem feinen Gespür für ihre Pflichten, jedoch keinerlei Verständnis für die großgeschriebene PFLICHT schenken. Und aus der Philosophielosigkeit dieser Menschen und der Unreinheit ihrer Seelen wird eine lebendigere Philosophie erstehen, eine Philosophie, die keinen Platz hat in Systemen logischer Begriffe.

Glaubst Du nicht, Leser, daß uns der Krieg, zusammen mit dem Frieden, ein wenig davon wird bringen können?

Originaltitel: *El deber y los deberes*, aus *Inquietudes y meditaciones*, zuerst veröffentlicht in *Nuevo Mundo*, Madrid, 9. 6. 1916.

Anmerkungen

1) Vgl. Hans Joachim Sells »Nachwort zur deutschen Ausgabe« zu Luis S. Granjel: *Miguel de Unamuno – Ein Lebensbild* (aus dem Spanischen übersetzt von Curt Meyer-Clason), Stuttgart: Klett 1962, S. 263. Er zitiert dort Heinrich Mann, der schrieb: *Ich habe nichts so Starkes seit langer Zeit neu aufgenommen. Hier ist endlich einmal wieder die Leidenschaft bis zum Letzten, die Erkenntnis, bis sie tödlich wird. Die berauschende Gefährlichkeit des Lebens wird fühlbar, man weiß, wozu man liest (und lebt).*

2) Nachruf von José Ortega y Gasset anläßlich Unamunos Tod, in *La Nación* (Buenos Aires), 4. Jänner 1937.

3) Reinhard P. Gruber: *Nie wieder Arbeit. Schivkovs Botschaften vom anderen Leben.* Salzburg: Residenz 1989.

4) Zitiert nach George Gordon Lord Byron: »Sardanapal« (1821), in *Sämtliche Werke, Band III: Dramen.* Übersetzt von Adolf Seubert. München: Winkler 1978, S. 218.

5) Das »Zwiegespräch der Hunde« ist eine fabelartige Textform mit langer Tradition in der Romania. Im spanischsprachigen Raum vgl. insbesondere Cervantes' gleichnamige Erzählung in den *Exemplarischen Novellen,* dessen einer Protagonist im übrigen ebenfalls Berganza heißt. Aber auch noch ein zeitgenössischer lateinamerikanischer Autor wie der Paraguayer Augusto Roa Bastos läßt in seinem Roman *Ich, der Allmächtige* (1974) den alten Hund des spanischen Gouverneurs und den Hund des Diktators Zwiesprache halten. Bei Unamuno selbst (in seinem Roman *Nebel,* 1914) hält der Hund Orfeo eine Grabrede auf seinen Herrn Augusto Perez, worauf einige Leser den Autor gefragt haben sollen, ob er denn in seinem früheren Leben ein Hund gewesen sei (vgl. den Aufsatz »La gramática del ladrido« – »Grammatik des Bellens« in *Obras completas VII.* Madrid: Escelicer 1967, S. 1454f.).

6) Seneca, *Epistolae moralae,* 52, 11: »Quid laetaris, quod ab hominibus his laudatus es, quos non potes ipse laudare?«

7) Tatsächlich widmete Unamuno diesem 35-jährig verstorbenen baskischen Bildhauern anläßlich der Eröffnung einer posthumen Ausstellung in der Philharmonischen Gesellschaft von Bilbao, am 11. September 1910, einen Nachruf (heute enthalten in *Obras completas VIII.* Madrid: Escelicer 1966, S. 545-554).

8) Unamuno kommt später in dem Aufsatz »El desinterés intelectual« – »Intellektuelle Uneigennützigkeit« (1911) noch einmal auf diesen »poetischen Traum« zurück und wiederholt, daß ihm dessen Deutung nach wie vor unklar bleibe *(Obras completas VIII,* S. 283ff.).

9) Unter ähnlichem Titel publizierte Unamuno am 16. August 1908 in *La Nación* (Buenos Aires) einen allerdings weniger poetischen Artikel, »Divagaciones de estío«, etwa: »Sommerliche Gedankengänge« (heute in *Obras completas III.* Madrid: Escelicer 1968, S. 402-407), wo er sich wie in »Plädoyer des Müßiggangs« über die Auswirkungen der unerträglichen Hitze auf seinen Gemütszustand beklagt. Ebenfalls in dieses ›Subgenre‹ würde »Fantasía de una siesta de verano« – »Phantasie einer sommerlichen Siesta« gehören (1918, heute in *Obras completas VII,* S. 634-636).

10) Unamuno meint hier den spanischen Romantiker José Zorrilla (1817-1893), den Autor des meistgespielten spanischen Bühnenwerkes, *Don Juan Tenorio* (1844).

11) John Dewey (1859-1952), nordamerikanischer Pädagoge und Philosoph, gilt neben Emerson und W. James als einer der größten amerikanischen Denker und ist einer der einflußreichsten Vertreter des Pragmatismus (»Instrumentalismus«). Sein Hauptwerk, *Democracy and Education,* erschien 1916.

12) Hier zitiert nach der deutschen Ausgabe *Deutsche Philosophie und Deutsche Politik* in der Übersetzung von Hans Hermann Kogge (bearb. v. Dr. Berthold Fresow), Meisenheim/Glan: Westkulturverlag Anton Hain 1954, S. 57.

13) Ebenda. In Unamunos Essay sind im Anschluß einige Stellen als Originalzitate Deweys markiert, die weder in der von mir benutzten deutschen Ausgabe noch in der englischen von 1942,

New York: Putnam's Sons, aufscheinen; möglicherweise waren sie in der Erstausgabe von 1915 (die mir nicht zugänglich war) vorhanden, wurden jedoch in der späteren Auflage gestrichen. Ich habe sie im ‚Iext dennoch in Anführungszeichen belassen.

14) Dewey unterscheidet zwischen dem deutschen Begriff »Kultur«, großgeschrieben und mit K, und dem englischen »culture«, die außer einer Ähnlichkeit im Klang nicht viel gemeinsam« haben (ebenda, S. 62) Einige Seiten zuvor philosophiert er auch über »die tiefe Bedeutung der Großschreibung von Substantiva in der deutschen Schriftsprache und im Zusammenhang damit über den Reichtum der Sprache an abstrakten Hauptwörtern«, wobei er meint: »Man kann sich eine ganze Nation von Lesern vorstellen, die ehrfürchtig ihren Kopf bei jedem in der Folge groß geschriebenen Wort senkt.» (S. 51) Vgl. auch Unamunos Artikel »Mis paradojas de antairio« – »Meine seinerzeitigen Paradoxien«, *Obras completas VIII,* 5. 351ff.

15) Ebenda, S. 60.

16) deutsch im Original.

17) Hermann Cohen (1842-1918), zusammen mit P. Natorp einer der Begründer der »Marburger Schule« des Neukantianismus, veröffentlichte seine *Logik der reinen Erkenntnis* 1902.

18) deutsch im Original.

Essay 31

Vierte Auflage 2018

Layout und Satz: AD
Herstellung: Theiss

ISBN: 978-3-85420-442-8

Literaturverlag Droschl A-8043 Graz Stenggstraße 33
www.droschl.com